ビニール傘

岸政彦

新潮社

目次

題字／著者
カバー・本文写真／鈴木育郎
装幀／新潮社装幀室

ビニール傘

1

十七時ごろ、ユニバで客をおろして街中に戻る途中、此花区役所を通り過ぎたところで右折して小さな運河を渡る橋の上で、若い女がスマホに目を落としたままでこちらも見ずに手を上げていた。停車してドアをあけると、スマホを睨んだまま乗り込んできて、小さな声で新地、とだけ言った。北新地ですね、西九条から線路沿いにいって、そのまま二号線に入ったらいいですね、と聞くと女は、それ以外になんか方法あんの？　とだけつぶやいた。あいかわらず目はスマホを見たままだ。

俺は声を出さず苦笑して、車を発進させた。スマホの画面をいじるたびに、長いピンクの爪がかちゃかちゃと音をたてる。新地の女か、いまから出勤だろうか。新地にしては早い時間だし、まだ二十歳そこそこっぽいので、ちゃんとしたクラブのホステスじゃなくて、さいきん新地にもたくさん増えた、安いガールズバーのバイトかもしれない。此花、西九条、野田あたりは、昔はだれも住んでなくて、ちょっと雨がふるとすぐに水浸しになるような湿地帯だった。いまではそのあたりは、たくさんのワンルームマンションが並んでいて、地方出身の貧しい若者たちが大勢住んでいる。

爪は派手だけど巻き髪は真っ黒で、さいきんはああいう黒い髪が流行ってるんだろう。俺は水商売の女にわざと髪を黒くさせるのが逆に苦手で、たまにガールズバーや場末のスナックに飲みにいっても、なんとなくいちばん派手でチャラい感じのキャラの女とばかり喋る。

いまから出勤ですか？　さいきん景気どう？　店流行ってる？　返事はない。バックミラーを見ると、顔をあげずにひたすらスマホをいじっている。西九条から斜めに左折して、環状線の線路沿いに野田あたりまで来たところで、女がとつぜんすすり泣きをはじめた。マスカラやアイラインが流れないように器用に人差し指で涙を拭いている。

なんとなく、誰かと話をしたいな、と思った。たとえば、黒い髪の、水商売の女なんかと。つらいことがあれば聞いてやりたい。自分の話なんかしないで、ただ話を聞いてやるのに。

歩行者信号が赤になった。いつもなら気にせずに歩いて渡るけど、横からタクシーが出てきたから、しかたなく立ち止まった。タクシーの運転手って、どういう仕事だろう、とふと思う。でも、そもそも俺は、免許もない。何年も前に酒気帯びでひどい事故を起こしてしまい、それから無免だ。

　堂山をしばらく歩くと、今日の作業をする小さなビルがあった。一階から五階まですべてキャバクラやガールズバーが入っている。ビルの入り口から右側の真っ暗な階段を下りると、地下に作業員の詰所がある。清掃作業の会社で働いて、もう半年ぐらい経つだろうか。淀屋橋や本町や難波の、いろんなビルに派遣される。どのビルに行っても必ず、毎日の作業のはじまりは、その日の清掃計画の確認からだ。

　俺は詰所のさらに奥にあるロッカー室で着替えると、モップやバケツをがちゃがちゃと手に持って、いそいで階段をあがって一階に向かった。トイレのなかにある清掃用の流しでバケツに水をくみ、モップを洗うと、廊下に出て、モップの先をバケツにつっこみ、廊下の掃除をはじめた。

　モップがけをしながら、こういうところで働く女はどういう理由があって働いているんだろうと思った。こんな安いガールズバーで酔っ払いのめんどくさいおっさんを相手にするよりも、もっと楽に稼げる仕事もあるだろうに。黒髪の女がエレベーターからおりてきた。早番なのだろうか。一瞬だけ女と目があう。ほんのすこしマスカラが流れて、さっきまで泣いていたように見える。

俺は女にお釣りを渡してから、レンジで温めた弁当を薄い茶色のレジ袋に入れて手渡した。ありがとうございます。女は弁当を受け取るときにもういちど俺の目を見た。女は口を開いて何か言いかけたが、そのまま何も言わずに口を閉じると、温め過ぎた唐揚げ弁当を受け取って、すぐに店を出ていった。俺が働くコンビニは、北港通に面していて、二十四時間ひっきりなしに、巨大なトラックがでかい音をたてて通り過ぎていく。まっすぐ西に向かえば、ユニバと、そこを通り過ぎれば、大きな倉庫と工場が立ち並ぶ、工業港の風景が広がる。このあたりは昔は湿地帯で、誰も住んでいなかったらしい。このコンビニも客のほとんどがトラックの運転手だ。酉島のほうにいけばもうすこし街らしい風景になって、ワンルームマンションもたくさん建っているので、おそらく女はそういうところに住んで、ガールズバーか居酒屋のチェーン店か、安いサービス業のバイトをしているのだろう。四国か九州あたりから、人口が激減して荒れ果てた故郷を捨てて、大阪にやってきたのだろうか。大阪にやってきて、そしてこんな、荒んだ景色のなかで暮らしているのだろうか。大阪駅行きの市バスに乗り込んで、そこから地下鉄に乗り換えて、ミナミあたりで水商売のバイトでもしているのだろう。小さな部屋の小さなベッドの、何ヶ月もシーツを替えていない枕もとには、子どものときに買ってもらったミッキーマウスのぬいぐるみが置いてあるだろうか。何ヶ月も掃除をしていない、狭くて汚いカビだらけのユニットバスの洗面所には、安いコスメのパステルカラーの瓶が並んでいるだろう。

部屋の真ん中には小さな汚いテーブルがあった。その上は吸い殻が山になった灰皿と、携帯の充電器と、食べかけのジャンクフードの袋と、なにかわからないドロドロした液体が入っているパステル色のコスメの瓶であふれかえっていた。床の上には、脱ぎ捨てた服や下着、ゴミのはみでたコンビニの袋、ジャニーズの雑誌が乱雑に散らばっている。小さな液晶テレビ、派手なオレンジ色のバランスボール、足がグラグラするコートハンガーには大量の安っぽい服がぐちゃぐちゃに掛けられていた。テーブルの上をもういちどよく見ると、カップ麺の食べ残しがそのままになっている。

俺はカップ麺から目をそむけ、テトラポットの上に座ると、ぼんやりと大阪港の海を眺めた。日曜日で、港で働くものも誰もいない。いつも、見渡すかぎり無人の堤防にひとりで座って、足をぶらぶらさせながら、曇り空の海をいつまでも眺める。もう長いこと、日雇いの仕事のない日曜日は、西島のワンルームから出て、すこし歩いたところにある労働者向けの大衆食堂でカツカレーを食ってから、裏の駐車場にたくさんいる猫たちにコンビニで売っているいちばん安い缶詰をあげて、それから小さな古本屋をのぞいたあと、港のほうまでぶらぶらと散歩して、海を見るのが習慣になっている。

海の波は見ていて飽きない。何百メートルという単位で、大きなうねりがある。目の前の水平線の、まず右半分が盛り上がって、左半分が静まって、そしてそのあと、こんどはさかさまに、左が盛り上がって、右が収まっていく。そういう大きなうねりのなかに、中ぐらいの波がある。ゆっくりと大きく盛り上がりながら、中ぐらいの波が、それぞれ自分勝手に、上がったり、下がったりする。ぐっと頭を持ち上げて、空の鳥を見上げると、すぐに波は

JOT

溶けて広がって、海のなかに消えていく。そうするとこんどはまた同じ場所で、違う波が立ち上がり、頭を上にむけて、空を睨む。だがそれも長くは続かず、すぐに溶けてなくなってしまう。そして、そうやって中ぐらいの波が生まれたり死んだりしているあいだ、その上で、小さな鱗のようなさざ波が、きらきらと光を反射して、渦を巻いて、群れをつくったり、ひとつひとつバラバラになって離れていく。

そして、そのいちばん小さな波のひとつが群れから離れてひとりになって、いまマクドに座っているんだな、と思った。大阪も景気がいいときがあったらしい。でもいまは本当に仕事がない。だから日曜日はこうして、金のかからないところで暇をつぶすしかない。マクドの百円のコーヒーを飲みながら、窓の外の千鳥橋の荒涼とした風景を眺めて、このあたりがむかし湿地帯だったことをふと思い出した。どんな感じだったんだろう。

俺のテーブルの反対側に、若い女が座っていた。俺をじっと見ている。知り合いかな、と思って見返すと、さっと視線を外した。若い頃なら声をかけていたかもしれないが、いまはとにかく金がないし、べつにそんなにかわいい子でもないし、それにもう、何年も前から、そもそもそういう気が起きなくなっている。

でもちょっと、だれかと話をしたいな、と思った。だれかと話をしたい。というより、だれかの話を聞きたい。

どうやって声をかけようかと迷っているうちに、女はさっさと席を立って店から出ていった。俺は声を出さずに苦笑して、自分のコーヒーを飲み干すと、マクドから出た。

驚いたことにマクドの前には、店から出たはずの女が立っていて、こっちをまっすぐ見ていた。俺は迷わず道を渡って、女のところまでまっすぐ歩いていった。そして女のすぐ目の前に立った。黒髪だと思ったが、女は髪をほんのすこし茶色にしていた。

俺はもう何年も何年もこの工場で、ただベルトコンベアを流れてくる、何に使うのかさえわからないような何かの部品を作る仕事をしている。もともと友達といえるような友達もいなくて、ましてや彼女もできたことがない。だけどそれでも、正社員でこそないが、そこそこの給料の派遣社員として雇われていて、仕事もそれほど苦痛でもなく、いまどき恵まれているほうの暮らしなのに、どうしてこんなに頼りない、流されているような感じが頭から消えないのだろう。それは子どもの頃からずっと俺の頭のなかにある。

きっとこいつも、同じことを感じているだろう。俺は彼女の寝顔を見ながらそう思った。たったひとつしかない窓から細く朝日が差している。一日のうち、早朝のわずかな時間しか日が差さない部屋で彼女と暮らしてもう二年になる。マクドの前の路上で出会って、彼女の狭いワンルームで同棲するようになり、そして彼女は仕事をやめ、次第に部屋のなかにこもりがちになり、やがて会話することもなくなった。いまでは彼女はただベッドのなかで息をして、たまに食事をとり、トイレにいくだけの存在になっている。冷蔵庫には俺が買ってきた、ヨーグルトやバナナやポカリスエットが詰まっている。これならかろうじて食べてくれるのだ。

朝五時半になり、俺はぼんやりした頭のままで作業服を着て、彼女が眠剤でぐっすりと眠りこけている汚いワンルームを出た。玄関側の廊下も大きなビルが隣接していて真っ暗だ。古くて汚いエレベーターに乗ると、カップラーメンの容器が転がっていた。このマンションは誰も掃除なんかしない。バブル期に建てられてそのまま二十年以上が経っていて、家賃もかなり下がっているらしい。

マンションから出るとすぐに大通りで、やっと明るい日差しを浴びることができた。いま通っている解体屋の飯場は、たまたまこのマンションから歩いて数分のところにある。ベージュのニッカボッカと白いハイネックの長袖シャツ、足元は千円で買ったスニーカー。コンビニに寄るが食欲がわかずにすぐに出る。俺の生活は安いものでできている。どこかの貧しい国で大量に作られた粗悪品。派手なデザインのパッケージを開けると、かならずそこにはゴミみたいなものが入っている。俺たちは毎日、ゴミを食っている。そして、ゴミを食ったあとのゴミをエレベーターのなかに捨てている。

飯場につくと、いつものおばちゃんがホワイトボードに出勤した日雇いの名前を書き出し、数人ずつ丸で囲んで、行き先を指示していた。俺は西九条の現場になっていた。運転手当が欲しいので岸和田の現場にしてくれといつも頼んでいるのに、このババアはすぐに忘れる。だが今朝はそんなこともどうでもよかった。

現場が終わったあとの帰りのハイエースは、和やかで気だるいが、朝現場に向かう車のなかは、無音で無言で、殺気立っている。今朝は七人のチームで西九条の現場に配属された。俺以外の全員がタバコを吸い、スポーツ新聞を広げ、コンビニおにぎりを食っている。みんなゴミを吸い、ゴミを読み、ゴミを食っている。高校を中退してすぐにこの飯場に入った若いやつが、小声でどこかに電話している。全員が無言なのでその小声は車内によくひびく。やばいとこで金借りたらしい。アホや。

ハイエースの汚れた窓から金色の朝日が差し込んでいる。もうこの時間だと、またあの部屋は真っ暗になっているだろう。今日もあいつは一日中ベッドのなかですごすんだろうか。あのエレベーターのなかに横たわっていたカップ麺のゴミが頭から離れない。俺も掃除は嫌いだけど、ああいうところにああいうゴミを捨てるのは何か、だらしないとか、そういう何かを超えているような気がする。あれはただ、ゴミを捨てるのがめんどくさいとか、マナーが悪いとか、そういうことじゃなくて、もっと何か攻撃的な感じ。

今朝は岸和田の現場でよかった。運転手当も千円もらえるし。今日は仕事も楽だし、日当も往復の手当と合わせて一万円ぐらいになる。何よりひとりで現場に行けるのが気楽だ。昨日積み残した資材を積んで帰ってくるだけだから、午前中には終わるだろう。午前中には終わって。

午前中には終わる。そのあとあの部屋に帰る。

そのときそれがなんとなく億劫な感じがして、俺は罪悪感でいっぱいになった。いつかあいつを嫌いになるんだろうか。優しくしても、明るくふるまってもどうしても部屋から出ようとしないあいつと付き合うのがそのうち面倒になってくるんだろうか。

考えごとをしながら国道二十六号線を南に向かって歩く。頭上には高速道路の高架。横をでかいディーゼルトラックが黒煙を吐きながら通り過ぎていく。歩道を歩いているものは誰もいない。みんな車だ。街というよりも無人の海辺を歩いているようだ。車道は海で、歩道は砂浜だ。ときおり車が路肩の水たまりの水をはねる。波だ。靴が砂に埋まり、歩きにくい。頭上に鷗の群れが飛ぶ。波打ち際には漂着したゴミが大量に散乱している。カップラーメンの空の容器が朽ち果てて転がっている。どんよりとした曇り空に強い風がふき、耳もとでごうごうと騒いでいる。雲の切れ目からわずかな日差しが真っ黒な海に反射し、銀色に光っている。そしてすぐにまた太陽は雲に隠れて暗くなる。あの部屋みたいだと思った。

後ろを振り返ると彼女が、波打ち際でしゃがんで、貝殻か何かを拾っていた。

鍵や。え、鍵？　鍵が落ちてるで。流れ着いたんかな。鍵は沈むやろ。ここで誰かが落としはったんちゃう。

彼女は俺に鍵を見せてくれた。錆びついてもいない、普通の、よくある銀色の鍵。キーホルダーみたいなものがついていたのかもしれないが、いまはなくなって、鍵だけになっている。

彼女はそれをポケットに入れた。俺たちはまた、誰もいない浜辺を歩き出した。こんな天気の悪い、寒い日に何をしてるんだろう。しばらく横に並んで歩いていた彼女が俺の手を握ってきた。手をつないだまま、彼女は自分のコートのポケットにふたりの手をつっこんだ。温かいポケットのなかで、つないだ手の指先が鍵にふれる。

　ふだん二人で仕事、といっても俺は工場の日雇い派遣で、彼女は安いガールズバーの店員だが、仕事で忙しいので、たまには温泉でも行こうかという話になって、ネットで検索したら、食事付きで家族風呂でひとり六千円というのを見つけて、何時間も電車に乗って日本海までやってくるとそこは、値段相応の安宿だった。同じ安宿でも、もっと古い木造の宿だったら、たとえボロボロでもそれなりの情緒もあっただろうが、バブルのときに建てられたらしい安っぽいデザインの、雰囲気も何もない殺伐とした宿で、俺は思わずいま通っている工場を思い出した。それでも彼女はまったく気にしていないようで、楽しそうにはしゃいでいる。朝イチの、大阪駅から若狭にいく特急に乗るときも、誰がそんなに食べるねんっていうお菓子を買い込んでいた。

　誰がそんなに食べるねん。

絶対お腹減るって。絶対お腹減るって。

昼前には着くで。

ええやんか別に。残ったら私が持って帰るから。

私な、小さいときに、お菓子禁止されとってん。買ってもらったことないねん。遠足のおやつもな、いなり寿司やってん。

俺はいなり寿司で爆笑した。

え、弁当も持ってるんやろ。

そうやねん、おかしいやろ。小学校一年生ぐらいの小さい女の子がな、弁当とおいなりさん持って遠足いくねん。

しかしよくわからんな。お菓子はあかんくておいなりはええんか。

そういうルールやってん。

もっと若いころは、女のこういう甘え方が苦手で、自分は誰にも甘えたことがなかったし、誰からも甘えられたこともなかったから、中学生ぐらいで最初の彼女ができて人生で最初のデートをしたとき、それは近所のスーパーマーケットにふたりで行くというかわいらしいものだったが、そこでこのお菓子買ってとかそういう甘えられ方をされたときにびっくりして、混乱して動揺してしまい、気持ち悪くなってものも言わずにいきなり彼女を置き去りにしてひとりで帰ってしまったことがある。それから何人かと付き合っていくうちに、付き合うということはこういう甘え方をするものだということを学習していった。スーパーに置き去りにした女の子とそのあとどうなったのかはまったく記憶がない。

いろんな家庭のルールがあるんやな。全部買うてええで。ほんま！　うれしい。けっきょく特急のシートで彼女はぐっすりと寝てしまい、ほとんどのお菓子はそのまま宿まで持っていくことになった。殺風景な安宿に着くと、ただの作業服の無愛想なおっさんが出迎えた。ほんとうに情緒も何もない。

役所か病院のようなコンクリートの四角い建物の、四角い和室に通されると、いちおう部屋には風呂がついていたが、温泉の家族風呂というものではなく、ただのユニットバスだった。それでも彼女はそれをみてげらげらと笑っていた。風呂なんかこんなんでええやん。とりあえずまだ時間も早いし、海見にいかへん？　ゆっくり散歩したいねん。雨ふりそうやけど大丈夫かな。大丈夫ちゃうかな。

季節外れの、どんよりと曇った浜辺には誰もいなくて、風だけが吹いていた。俺たちは彼女のコートのポケットのなかで手をつないだまま、黙ってどこまでも歩いた。ふたりで歩いているときにはいつも、このまま世界が滅びて、ふたりだけになったところを想像する。大阪が滅びて、世界中が滅びて、人間がみんな死んで、ふたりだけが生き残る。そういう映画はたくさんあるから、たぶんみんな同じようなことを想像するんだろう。でもどうしてだろう。どうしてみんな、世界が滅びて自分や自分の恋人だけが生き残ったところを想像するんだろう。

海風に彼女の黒い髪が吹かれ、なびいている。

世界中の人間が滅びてしまうと、人間に飼われている犬や猫も死んでしまうだろう。人間が滅びるのは一向にかまわないけど、犬や猫がそれでつらいことになってしまうのは嫌やなあ。

何言ってんの。

なんかそういう想像しとった。

いつもなんか想像してるな。

そうやな。

大阪が滅びても滅びなくても、どっちにしてもふたりっきりしかいないんだな、と思う。どちらにしても同じことだ。俺もこいつにも帰れる家があるわけじゃないし、どっちにしてもふたりっきりしかいない。別れたり、どちらかが死んだら、ひとりになる。

俺はひとりになったところを想像する。どこか、淀川の見える、豊崎や中津や本庄の小さなアパートでひとりで暮らしているところを想像する。おれは怖くなって、彼女のポケットのなかの手を強く握りしめた。想像するとほんとうになってしまうような気がする。短い期間で場所から場所へ、仕事から仕事へ漂っていると、少しでも心に浮かんだものが、すぐに実現してしまいそうに思えてくる。

彼女が欲しいな、と思う。彼女じゃなくてもいい、一緒に住んでくれなくてもいい、だれか女と話がしたいと思う。友だちといえるやつもそんなにいないけど、何ていうか、恋人が長いあいだいないということで、自分自身が大きく消耗しているような気がする。だからといってナンパして無理してだれかと付き合ったりしても、それはそれで面倒くさい。だから結局何もしていない。長い間ひとりで生きてきて、そのことに慣れすぎてしまって、いまからだれかと関係を作ることは、想像しただけでしんどい。

ふと、中学生のときの最初の彼女を思い出す。それまではクラスのなかの生意気な女子だったやつが、デートのときにふたりきりになるととつぜん甘えてきて、俺は気持ち悪くなってファミレスにそいつを置き去りにしてひとりで家に帰ってしまった。それ以来、何人かの女と付き合ってきたけど、いまはひとりで暮らしている。

怖くなってもういちど横を振り向くと、彼女もこっちを見上げて、どうしたん？ と聞いた。おれはますますポケットのなかの手をぎゅっと握りしめた。痛いやん。彼女は笑いながら、自分もありったけの力で握り返してきた。おお、意外に握力強いやんか。笑いながらもういちど握り返すと、彼女は大きな声でいたたたた、ごめんごめん、とゲラゲラ笑いながら手をポケットから出し、つないだまま大きく前後に振りながら歩いた。

靫《うつぼ》公園の現場が早く終わったので、昼過ぎにはもう帰ってくることができた。俺はポケットから鍵を取り出すと、薄暗いワンルームの玄関を開けた。部屋のなかは真っ暗だ。名前を呼びかけようとして一瞬、彼女の名前が浮かばなかった。

部屋に入るとやっぱり彼女は寝ていた。乱れた布団のなかで体をまるめて、黒い髪だけが外に出ている。気配を感じて、彼女は布団からゆっくりと顔をだした。何日もずっと部屋にこもりきりで、顔が真っ白になっている。すっぴんのときは眉毛もまつげもなくなって、目も一重になっていて、疲れ切った、若いのに皺だらけの、悲惨な顔になっていて、俺はとてもきれいだなと思う。ずれた布団の間から、風呂に入っていない女の、甘い匂いがのぼってくる。

なんか食べた？　お腹減ってへん？

うん、食べた。さっき食べた。テーブルの上にはカップラーメンの容器が転がっていた。お、ちゃんとお湯沸かして、温かいもの食べたんやな。ようできたな。

そんなことで褒めやんとって。彼女はちょっと笑うと、ベッドから体を起こした。汚いユニクロのジャージは、袖のゴムがゆるんでひろがっている。

体温まったせいか、なんか調子いいわ。シャワー入るわ。

彼女がバスルームに入っているあいだ、俺はシャワーのざあざあという音を聞きながら、彼女が出てくるのをいつまでも待ち続けた。ざあざあと雨がタクシーのボンネットを叩く。役所の建物のような殺風景な民宿の窓を叩く。一人暮らしのアパートの窓を叩く。タクシーの、民宿の、アパートの窓から、淀川が見える。大阪の街のまんなかを分断するように流れる淀川が、雨を集め、真っ黒に濁って、ごうごうと流れている。その上を、伊丹空港に着陸する飛行機が飛んでいる。低すぎて、すぐそこを飛んでいるようにみえる。こちらから見てこんなに近いところを飛んでいるなら、機内からも、堤防を歩いている俺たちの顔が見えているかもしれないと思う。堤防はほんとうに広くて、対岸がかすんでみえる。俺たちはそれぞれ傘をさして、すこし離れて歩く。

学生の頃、彼女と一緒に過ごしたあと、とつぜんひとりになる瞬間が好きだった。梅田の繁華街でデートをしていて、映画を見たり適当にそのへんの安いチェーン店で不味いものを食ったりしたあとに、もうすることも行くところも話す話もなくなって、じゃあ帰ろうか、ということになって、相手が乗る改札まで送っていって、そこですこしまた立ち話をして、じゃあバイバイ、また来週な、電話してや。するわ。お互いに別れたくないんだけど、べつに一緒にいてももうこれ以上、なにもおもしろいことも楽しいこともない。金もない。ほんならね、また来週と彼女は小さく手をふって改札のなかに消えていくと、あっという間に俺はひとりになった。こういうときにいつも、すこしめまいがする。つい五秒まえまで一緒にいて、いまとつぜん梅田のどまんなかで、人混みのなかで、俺はひとりでアホみたいにぼけっとつっ立っている。あまりにもはっきりと、目に見えるように時間が流れたことに、びっくりしてなかなかついていけない。十秒まえまで一緒にいた。いまはひとりだ。どうしてひとりになっているんだろう。わずか十五秒のあいだに、一

緒にいたという証拠も記憶も感覚も、すべてなくしてしまう。俺はふりかえって、家に帰るために、地下鉄四つ橋線の西梅田へとぶらぶらと歩いていく。二分前まで彼女と一緒にいたはずなのに、いまはもうひとりなんだな。西梅田の駅から地下鉄に乗って、桜川の自分のアパートまで二十分ぐらい。三十分後にはひとりでアパートの部屋のなかに座っているだろう。俺は玄関のドアを開けると電気を点け、ひとりでワンルームの部屋のベッドに座った。ベッドの横にある小さなテーブルには、出かける前に食ったカップ麺の食べ残しがそのままになっていて、それを見るとうんざりした。

雨のなか散歩をしようと言い出したのは彼女のほうだった。ひさしぶりに淀川が見たいねん。ええな、いこか。中津で地下鉄を降りて、ゆっくりとぶらぶらと、途中でコンビニでコーヒーを買ったりトイレを借りたり、かわいい子猫がいたからわざわざそのコンビニまで戻ってパウチのキャットフードを買ってその場所に戻るともう子猫はいなかったり（「おまえ責任とってこれ食えよ」「いやや」）、そういうことをしながら、小さな透明のビニール傘をさして淀川の河川敷の長い階段を上がると、銀色の小雨のむこうに大きな橋がもやって見えていた。淀川の河川敷はほんとうに広く、堤防も高い。その堤防の上の散歩道を、ふたりで傘をさしながら歩く。

彼女はずっと、色がどうしたこうしたという話をしていた。なんかな、色って、季節があって、それぞれ色があるねんて。季節によって。夏のひととか、冬のひととかおるねんて。お前が何言ってんのかぜんぜんわからへんねんけど。あはは、ごめん。あのな、春の色っていうのがあるねん。いろいろ。うん。夏の色っていうのもあるねん。色のグループみたいなもんか。そうや、そうそう。いろんな色をな、大きく四つに分けんねん。それを春の色とか、冬の色とかいうねん。でな、人の顔もな、そういうふうに四つに分かれるねんて。それでな、たとえば春のひとはな、春の色が似合うねん。冬のひとは、冬の色。聞いてへんやろ。聞いてるわ。要するに派手な顔のひとは派手な色が似合うんやろ。うーん、地味とか派手とかとまたちゃうねん。そういう話を美容院でしてんのか？　話してるっていうか、職場の研修で習ってん。ああそうか、研修でな。さっきから言うてるやんか。

彼女が働いている美容院の研修で、店が休みのときにカラーなんとかの先生を店に呼んで、そこでそういう研修をしたらしい。店が休みのときにも、こうやっていろいろな行事や研修で出勤している。もちろん給料は付かない。でも、彼女はそういう仕事も楽しそうにしている。昔働いていたガールズバーよりはずっとラクだし楽しいという。ただ、女性の客が多くて、それはいつまでも慣れない。十代のころからずっと水商売や客商売ばかりなので、とっくに慣れっこのはずなんだけど、それでもちょっとしたものの言い方や立ち居振る舞いの失敗で常連客に離れられるたびに傷ついている。仲良くしていると思っていた客も、驚くほどあっけなく簡単に離れていって、二度と店に来なくなるという。自分が働く店だけでなく、自分自身も嫌われたような気がしてしまう。俺はいつも自分の職場のことを思う。朝、現場に向かうワゴン車のなかの、タバコの煙が充満した、あの殺気立った沈黙。俺たちの職場には客はいない。男同士の、閉じた輪のなかで、いじめたりいじめられたりしている。誰に頭を下げることもなく、気を使うこともなく、世間話もしない。俺たちが午前中の休憩時間の三十分のあいだにする話といえば、元ヤクザの現場監督が、薬の救心《ボウシン》を砕いて粉にしたものを女のあそこに入れると締まりがよくなるでとか、そういう話で、しかも誰も聞いてない。そのうえ最近はそういう話もしなくなって、みんな下を向いてスマホをいじっている。いちどそんなにスマホばっかりいじって何をやっているんだろうとこっそり背中越しに覗いてみたら、パチスロのアプリだった。全員が下を向いて、手のひらのなかの数字が回転するのを、ただ黙って見ている。

それで思い出した、こないだ彼女と一緒に行った安い回転寿司が何かに似ていると思ってたら、あれはパチンコ屋に似てるのだ。広い店内で店員がほとんどいないので、最初に入ったとき大丈夫かこの店と思ったのだが、注文はすべてカウンターに設置してある液晶パネルから送信するようになっていて、いくつか適当に選んで注文すると、その寿司がレーンに乗って近づいてきて、液晶パネルのスピーカーからけたたましく電子音のマーチが鳴り響く。あまりの安っぽさとバカバカしさに彼女はげらげら笑っていた。店員がほとんどいない広い店内のレーンを、にぎやかな電子音を鳴らしながら寿司皿が流れていく。俺たちが暮らしているのはコンビニとドンキとパチンコと一皿二貫で九十円の格安の回転寿司でできた世界で、そういうところで俺たちは百円二百円の金をちびちびと使う。

彼女は自分の傘を畳み、俺のほうに入ってくる。コンビニで買った五百円のビニール傘の、透明な膜が俺たちを包む。気がつけば小雨はほとんど止んでいたが、俺たちは一本の傘を二人で差したまま、どこまでも歩き続けた。もう少しいけば大阪港の方に出る。

実家に帰らんとあかんねん。あ、やっぱりそうなん。うん、どうしてもな、介護で。親の。お兄ちゃん、長男やねんけど、まだ独身やし、まだええかなと思ってたんやけど、転勤なるかもしれんし、帰ってきてほしいって。

大阪におってもしょうがないし。

そうか。そうやな。しゃあないな。こうやって、特に何のドラマもなく、こいつとも別れることになるんだなと思った。最初にどうやって出会ったのかもよく覚えてない。どれくらい付き合ってるんだっけ。いや、そもそも、俺はこいつと付き合ってるんだろうか。彼女は傘を持ってないほうの手で、俺の手を握ってきた。お互いそんなに、相手の顔や性格が好きというわけでもなく、ただなんとなく付き合うことになって、短期間だが一緒に暮らしたこともあったが、俺はこいつがいなくなっても何も変わらないだろうなと思った。付き合うときにもたいしたきっかけもなかったし、別れるときもなにごともなく別れていくんだろう。しっかりと手をつないで、しばらく無言で歩いた。なんかちょっと、泣いたり怒ったり、お互いの好きだったところを言い合ったり、なんかちょっとそういうことしたほうがいいかな。でも黙ってこのまま、今まで通り淡々と、ふつうの感じで別れてしまって、駅の改札とかで、また来週ねっていう感じで、また会おうねと言いながら、小さくバイバイと手を振ると、彼女はそのまま駅のなかへと消えてしまった。

ああそうか、このままもう二度と会うことはないんだろうな。彼女は四国の田舎に帰って、地元のちょっと年上の、農業とか公務員とかをやっている男とふつうに結婚するんだろう。田舎は男が余ってるから、若い女ならすぐに相手が見つかるだろうと思う。

2

和歌山の片隅の、海に面した小さな町にある実家に帰ってしばらくはのんびりするつもりだった。でも田舎だとこういう話はすぐに伝わる。あそこの長女、帰ってきたらしいで。東町の美由紀が帰ってきたんやて、知ってた？あの、川辺高のときに橘町の和也と付き合ってた女やろ？ ちゃうちゃう、それはあいつや、美希や。美由紀っていうたら誰や。知らんなあ。あいつやろ、四十二号線のダイソーでバイトしとったやんか。あーあいつか、知ってる知ってる。そうか、帰ってきてるんか。たぶんこんな感じで、あっという間に広がっていく。誰かが携帯の画面を親指でなぞるたびに、どうでもいいことがどうでもいいひとたちに流れていく。

　美容師になるために和歌山市の専門学校を出たあと、都会に住んでみたかったけど東京に出る勇気もお金もなかったから、とりあえず大阪に出て、最初は難波のすぐ裏にある大国町に住んでいた。小さな汚いワンルームマンションは、タイ人とフィリピン人と中国人だらけで、入り口にはゴミや宅配チラシが散乱していた。マンションの一階には凍ったままの肉を出す激安の焼肉屋があって、いつも肉を焼く匂いが部屋まで届いてきた。ベランダに干した下着にも煙の匂いがついていて、最初はそれが嫌でたまらなかったけど、そのうちそれにも慣れた。記憶のなかのあのマンションの部屋は、いつも暗くて、外は雨が降っている。二十五号線を走る大型トラックの音、パチンコ屋の自動ドアが開くたびに外に漏れてくる大音量の歌とパチンコ玉の音、そして雨の音。雨はいつも南西のほうからやってくる。夏になると木津川をさかのぼる大阪湾の潮の匂いがする。

マンションの窓を開けると、ビルの隙間に小さく通天閣が見えていた。五階建ぐらいの小さなビルやワンルームマンションがどこまでも並び、その合間に古い木造の長屋が残っている。居酒屋、印刷屋、衣料問屋、なにかわからない小さな部品を作っている町工場、駐車場、整骨院、スナック、薬局、コンビニ、郵便局、コンビニ、駐車場、スナック。つぶれた喫茶店、つぶれた服屋、つぶれた本屋、つぶれた焼き鳥屋。都会に出て住んだ街はそんな場所だった。汚いビルやアパートや駐車場ばかりの街。それが私が住んだ大阪

Ste
野田阪神営業センター

だった。美容院が休みの月曜日はいつも寝ていた。布団にもぐっていても、国道を通るトラックの音が絶え間なく低く聞こえてくる。それは和歌山の海の音と似ている。

つてをたどって就職した美容院は、ミナミの繁華街の外れにあって、私が就職したときにはもう経営が傾きかけていた。店のオーナーは女のひとで、きらきら光る目でいつも、どれくらいこの店が常連客から愛されているか、どれくらいこの店が素晴らしいサービスを提供してきたかを語っていた。彼女は店のみんなに、自分のことを先生と言わせていた。先生は心からこの店を愛していて、そしてお客様もみんなこの店のことを愛してくださる、そんなことばかり言っていた。

先生はいつも客とどう喋るかばかり気にしていて、カットやパーマの技術はそれほどうまくなかった。でも美容院を水商売だと割り切って、常連客にどれくらい楽しんでもらえるかを先生なりに考えていた。たとえば客の女の子たちが好きな占いの話をしたりとか、特別な力を持った石だとか、自然のパワーがもらえる場所の話とか、そういう話をよく客としていたし、私たちスタッフにも勉強させていた。先生が特に好きだったのはカラーコーディネートの話で、店が休みの日にそういうひとを呼んで、研修といってスタッフを全員呼んだりしていた。みんな陰ではせっかくの休みをつぶされて文句ばかり言っていたが、私は和歌山の田舎から出てきたばっかりだったので、本当のことをいえば客商売が恐くて、それで客と話ができるならと思ってそういう研修も喜んで通っていた。

　休日の研修でも文句を言わずに出勤してくる私を先生はかわいがった。創価学会の集まりに誘われたりもしたが、一度顔を出しただけでもう行かなくなった。先生も商売のためにと割り切って入っていたので、それほど熱心な活動はしていなかった。でもその創価学会の集まりで知り合った、心斎橋で安っぽいダイニングバーと居酒屋とネットカフェを経営している、背の低い禿げた、妻子持ちの中年の男と、先生は付き合っていた。たまにヘアサロンのトイレで泣いていたのはその男のせいだったのかもしれない。先生は四十代前半だったが独身で、店のスタッフはみんな私の子どもみたいなもんやねんとか、そういうことばかり言っていて、でも先生はスタッフのえこひいきがひどかったから、自分の子どもみたいだと言われることに嫌悪感を丸出しにする若いスタッフもいた。

和歌山市の専門を出てミナミのその店に入ったときに、最初に私に仕事を教えてくれた男の子のことを、私はすぐに好きになった。痩せた、すこしおどおどした子で、私より一年早く店に入っていただけだが、それでもいろんなことを教えてくれた。そのうち店の帰りに鳥貴族とかの安い居酒屋に寄るようになり、自然に私の狭いワンルームに来るようになった。彼は実家暮らしだったので、会うときはいつも私の部屋だった。店の帰りや休みの日に、どこかで適当な食事をしたら、すぐに部屋に来たがった。せっかく大阪にいるんだから、もうすこしミナミや梅田のいろんなところに連れてってほしかったけど、私は我慢して彼に合わせていた。

最初は親切に仕事を教えてくれた優しい彼だったが、合鍵を渡したあたりから急に態度が変わり、無口に、ぶっきらぼうになっていった。彼は些細なことで怒るようになり、私は一緒にいるあいだずっと気を使っていた。なるべく怒らせないように、部屋に置きっぱなしになっている彼の下着やジャージを洗濯したり、ご飯をつくったりして、身の回りの世話をするようにしていたが、世話をすればするほどどんどん彼が不機嫌になっていって、私はどうしたらいいかわからなかった。まるで過保護な母親の世話になりながら、そのことで不満をつのらせ、でも自分ひとりで生きていくこともできずに自己嫌悪でいっぱいになっている、小さな男の子みたいだった。

私はたぶん、母親になっていたんだろうと思う。怒らせないように世話をすればするほど、彼は私と自分自身に対する嫌悪感を強く抱くようになっていった。そしてあるとき、営業時間が終わって、反省会や小さな研修も終わって家に帰る途中で忘れ物に気づき、まだ誰か店にいるかなと思って戻ってきて裏口から入ったら、先生と彼がそこで立ったまま抱き合っているのを見た。私は驚いたが、気づかれないようにしてその場を離れた。何を忘れていたのか、それを取り戻せたのかどうか、どうしても思い出せない。

話がすこし戻るけど、そのときには私は先生から嫌われるようになっていた。もともとは私は先生から気に入られていたのだけど、先生と付き合っていた、例の妻子持ちの中年男が、何度も店にくるようになって、なぜか私に声をかけるようになった。

あるとき、先生が銀行にいっていて店にいないとき、男が私に近寄って、まわりに聞こえないように食事に誘ってきた。私はここで断って、先生や店のほかのスタッフに悪い噂でも流されたら困ると思って、嫌々食事にいった。男が選んだのは店からすこし離れたところにある、寂れた小さな韓国料理屋で、半分スナックみたいなところで、六十歳ぐらいの韓国人のママがひとりでやっていた。ママは客に対してわざと馴れ馴れしく、無礼にふるまっていて、客の男性たちもそういう扱いを受けるのが楽しそうだった。スーパードライの瓶ビールを何本か、たいして美味しくもないサムギョプサルや参鶏湯を突きながら、男はずっと自分の店がいかに儲かっているかを自慢していたが、そのうちものすごく遠回りに口説いてきた。

私は店の居場所をなくしたくなくて、ずっとニコニコしていたけど、やっぱりこんな男に抱かれるのは嫌だったから、適当になにか言い訳をして、一軒だけで帰ってきた。男は私をタクシーで送るといって聞かなかったから、しょうがなく家の近くまで一緒にタクシーに乗ったけど、降りるときに強引にキスをしてきた。私は思わず手を振り払って逃げるようにして車を降りた。次の日店に行ったらもう話が知れ渡っていた。私は罪悪感でいっぱいになり、自分からは何も悪いことをしてないはずなのに、なぜか泣きそうになって、先生に謝ろうと思ったけど、その日はたまたま朝から予約がたくさん入っていて、そういうわけで私は謝るタイミングを逃してしまった。それからはもう、先生は露骨に、私に対して冷たくあたるようになった。

そんなときに彼と先生が抱き合ってるのを偶然見た。まず思ったのは、歳が倍ぐらい違うのに恋愛とか性的なこととかができるんだ、ということだった。確かに見た目も若くてすごい美人だったけど、二十歳そこそこの男が、四十過ぎた女のひととあんなことができるんだ。反射的に無言で店を飛び出したから、見てしまったことはバレなかったと思う。家へ帰る途中でだんだんと、くだらない男だったけど私は彼のことが本当に好きで、その彼から裏切られたんだなということがわかってきた。途中で雨が降ってきたので、そこらへんにあったコンビニに入って五百円のビニール傘を買った。透明な傘に雨がぽつぽつと当たり、夜の街の灯りがにじんでいた。あの男と韓国料理を食べに行ったことがどれくらい関係しているのかはわからない。いまいろいろと思い出して、はじめてわかったけど、もし私があの男と食事をしたことの仕返しで、わざと私と付き合っていた男に手を出したのだとすれば、彼も自分を守るために、嫌々先生と付き合っていたのかもしれない。こういう仕事でいちばん大事なのは、技術でもないし、お客様の相手でもない。大事なのは、職場の人間関係だ。私たちは居場所を失ったら生きていけない。彼は彼で、必死で居場所を守ろうとしていたのかもしれなかった。

どうすればよかったんだろうと思う。見てないふりをして、なにごともなくそれまでと同じように彼や先生と付き合っていけばよかったんだろうか。それとも、彼と先生に直接はっきりと、裏切られたこと、傷付いたこと、悲しかったということを言葉で伝えたらよかったのだろうか。私は結局そのどちらもせず、黙って店を辞めた。

辞めてからしばらくは、大きな国道に向いた窓を開けっ放しにしてずっと寝ていた。バスやトラックの音は、和歌山の海の音に似ている。私は狭いワンルームの部屋のなかでずっと海の音を聞いていた。

彼からは何度かメッセージや着信があったけど、しばらく無視していたらやがてそれもなくなった。私は部屋にあった彼の服を捨てて、管理会社に電話して鍵を付け替えてもらった。数万円もかかったけど、しかたなかった。

私はそれで手持ちのお金がなくなって、しばらく梅田の堂山の、安いガールズバーで働きはじめた。

難波から梅田は地下鉄で十分ぐらいしかかからないけど、ミナミとキタはほんとうにぜんぜん別の街みたいで、私はほっとした。

堂山の小さな風俗ビルの五階にあったその店は、十五席ぐらいのカウンターだけの、奥に細長い店で、私たち女の子はカウンターのなかで客の相手をしていた。その店で私は友だちができた。大阪へ来てから一年ぐらい経っていたが、はじめてできた友だちだった。その半年後にその子は自殺して、私は和歌山の実家に帰ることになる。

店ではなにもかも初めてで、私はまごまごするばかりで、難波の美容室に入ったばかりの頃を思い出して、私はどこへ行っても役立たずなんだ、いつも慣れないことばかりして、何かに馴染むということは一生ないんだなと思

鶴見橋
交差点内
りそな銀行

った。仕事自体は簡単で、ビールの小瓶か焼酎の水割りを出すぐらいだったから、なにもめんどくさいことはなかった。女子向けの水商売のバイト情報誌を見て電話をして、その場で採用になって最初に言われたのは、客がトイレに行って帰ってきたらおしぼりを出すことぐらいで、あとは適当にやってと言われ、そのまま開店時間になり、私はカウンターに立っていた。カラオケも食事もない、ただの若い女の子と喋るだけの店で、賞味期限切れの瓶ビールと薄い焼酎の水割りがいくらでも売れた。堂山の盛り場の端の、ほとんど扇町公園に近い場所にその店はあって、値段が安いから客は多かったけど、そのかわり客筋も良くはなかった。

十七時から夜二十三時まで働いて梅田の地下鉄の駅に向かう。堂山の交差点を渡ってナビオの裏の筋に入ると、いつもチェーン店の居酒屋から出てきたばかりの若い酔っぱらいがあふれかえっていた。ガールズバーの店員にしては地味な服装をしていたつもりだったが、水商売の女ということはすぐにわかるらしく、よく声がかかった。そういう男の子たちと飲みにいったり、ホテルに行くこともあったけど、付き合ったりすることはなぜかなかった。大阪の男の子たちはみんな優しくて、話がうまくて、そしてお金がなかった。その頃になると、終電がなくなったあとにひとりで飲みにいくことを覚えて、お初天神や東通りのダーツバーとかでいくつか馴染みの店もできた。路上で知り合った男の子たちの何人かは、店にも何度か来てくれて、友だちみたいになっていったけど、しばらくすると連絡が途絶えることが多くて、私はそういうものだと思っていた。

あいかわらず客の相手は苦手だったが、それでも美容院のときから比べるとまだマシになり、私は何人かの常連客と打ち解けて話せるまでになっていた。私は若い女ということだけでこれだけ扱いが優しくなることに驚いていた。

店にいる他の女の子たちとは、会えばなんとなく喋るぐらいで、そんなに仲が良くなったりはしなかったが、ひとりだけ、同い年の、ショートカットで小さくて細くて、強気で客と口論するような子がいて、その子と私はいつの間にか友だちになった。特にきっかけも何もなかったが、いつのまにか仕事が終わると一緒にコンビニで少しだけ時間を過ごすようになった。コンビニの前には灰皿もあるし、そこでビールか缶チューハイと、少しだけおにぎりや唐揚げを買って、店の前で地べたに座り込んでタバコを吸いながらその日の愚痴や店員や客の陰口や、たわいない話を三十分ぐらいしてからそれぞれの方向にタクシーで帰るのが日課みたいになっていた。やがて、お互いの部屋にも遊びにいくようになり、いちど私が美容院時代に付き合ったくだらない男の話をすると、そういうやつは死んだらええねんとぽつりと言った。

そして、自分が昔付き合った男の話を話しだしたけど、彼女はすぐに話を途中で止めてしまって、わざとらしく話題を変えてしまった。私はまだ信頼されてないんだな、と思った。そして、よっぽど人に言えない話なんだろうな、と思った。

ある日、ケータイに彼女からメッセージが入っていて、今から死ぬよ、仲良くしてくれてありがとう、と書かれていた。私は気にしないつもりだったけど、昼過ぎに起きてシャワーを浴びて、ガールズバーに出勤する支度をしているうちになにかどろどろした黒いものが喉の奥につまってきて、地下鉄で三つほど先の、彼女の住むワンルームまで行ってみた。呼び鈴をなんど鳴らしても返事はなかったが、ドアノブを摑むと鍵が開いていた。

私は玄関のドアを開けて彼女の部屋に入った。部屋の真ん中には小さな汚いテーブルがあった。その上は吸い殻が山になった灰皿と、携帯の充電器と、食べかけのジャンクフードの袋と、なにかわからないドロドロした液体が入っているパステル色のコスメの瓶であふれかえっていた。床の上には、脱ぎ捨てた服や下着、ゴミのはみでたコンビニの袋、ジャニーズの雑誌が乱雑に散らばっている。小さな液晶テレビ、派手なオレンジ色のバランスボール、足がグラグラするコートハンガーには大量の安っぽい服がぐちゃぐちゃに掛けられていた。テーブルの上をもういちどよく見ると、カップ麺の食べ残しがそのままになっている。

ベッドの中に、細くて小さな彼女の死体が静かに横たわっていた。うつぶせで、ベッドから片腕がだらりと下がっていて、その先の床に血だらけのカミソリが落ちていた。

とりあえず警察や救急に連絡をして、駆けつけた警察官や救急隊員に事情を説明して、そのまま近くの警察署まで行ってさらに詳しい事情を説明させられたけど、私は彼女の本名もよく知らないし、死んだ理由についても何もわからなかったので、たいした話もできなかった。私はすぐに警察から解放され、署を出たところでガールズバーの店長に電話をして店を辞めることを告げ、自分のワンルームに帰るとすぐに引越屋に電話をしたり管理会社に電話したり、そのほかいろんなめんどくさいことを、なかば上の空でやりきると、次の週にはもう和歌山の実家に戻っていた。母親にも父親にも、特に何も聞かれなかった。私も詳しいことは何も説明しなかった。

私は一階の座敷に布団を敷いてもらって、一日中そこで寝ていた。食欲もわりとあって、母親がいつも用意してくれる簡単な食事は普通に食べていたが、誰とも口をきく気にならず、両親ともほとんど言葉を交わさないまま、ずっと布団のなかで横になって、ただぼんやりと、いろいろな記憶やイメージが頭のなかに浮かんでは消えていくのを見ていた。ふと、雨のなか、どこかの河川敷を、ひとりで透明なビニール傘をさして歩いている自分の姿が、閉じたまぶたの裏側に浮かんだ。

結局、美容院のときのくだらない男とすこし付き合っただけで、私の大阪での生活は終わってしまった。もっといろいろな人と付き合ったら、そのうち幸せになれたんだろうか。でも、誰かと一緒にいるあいだは、ほかの誰かと一緒にいることができないから、ある人と付き合っているあいだに、時間ばっかり経っちゃって、そうしてるうちに私を幸せにしてくれる人は、とっとと誰かと付き合っちゃうんだろう。たまたま出会うタクシーの運転手とかコンビニの店員とか、街にはいろんな男がいるのに、そのうちの誰と付き合えばいいのか、誰も教えてくれない。付き合ってみて失敗だったときでも、時間は戻らない。

布団を敷いてある座敷の縁側の戸を開けると、小雨が降っていた。湿っぽい風のなかに、潮の匂いがかすかに混じる。私は縁側を開けたまま布団に戻った。雨音を聞きながら、私はまたうとうとしていた。

頬に何か冷たくて優しいものが当る。子どもの頃に庭で飼っていた小さな白い犬を思い出した。私が高校を卒業するすこし前に、十五歳で死んだ。みんなに可愛がられて、穏やかに年を取り、自分のお気に入りの寝床である朝、ぐっすりと眠るように安らかに死んでいた。私はあの犬がまた来てくれたことがうれしくて、体を横にずらして場所をあけて、布団を持ち上げると、犬は喜んで布団のなかに入ってきた。庭で飼っている犬を布団のなかに入れることは親から禁止されていたが、子どもの頃もよく、こうして布団のなかで一緒に寝ていた。親も知ってたけど、ときどき思い出したように叱るだけで、それほどうるさくは言わなかった。家族みんながこの犬のことを愛していたのだ。

布団のなかに入ってきた犬は、小雨に濡れていて、動物臭かった。犬はそのまま、布団の奥のほうまで這入っていくと、その奥は洞窟のようになっていて、犬はその洞窟のなかを、どこまでも下りていった。真っ暗な穴のなかを、匂いだけをたよりに、小さな白い犬はひたすらまっすぐ下りていった。

穴はやがて行き止まり、広場のようになっていた。高い天井を見上げると、そこに裂け目ができていて、月の光が差し込んでいた。犬は、月に照らされた広場の片隅に、自分のお気に入りの寝床があるのを見つけた。喜んでそこに飛び込むと、寝床に敷かれた、嗅ぎなれた匂いのする古い毛布やタオルにくるまって、心から満足した幸せな気分で、可愛がってくれる家族に囲まれる夢を見ながら、ぐっすりと眠りに落ちた。

背中の月

目がさめると雨の音がしていた。昨日の夜、寝る前に洗濯物を取り込んでおいてよかった。暗い雨の朝、窓ガラスを叩く水滴の音を聞きながら、しばらくうとうとする。

薄眼をあけると自分のベッドの横に美希の空っぽのベッドがある。いつものようにもういちど目を閉じて、そこに美希が寝ているところを思い出す。もう十年も一緒に隣で寝ていたので、その匂いや重さや寝息を、ほんとうにそこにあるかのように想像することができる。美希は仕事のある平日でも強く起こさないかぎりいつまでも寝ていた。小さく口を開け、だらりと腕をのばし、乱れた長い髪を首にまとわりつかせて、ぐうぐうと寝息をたてていつまでも寝ていた。

美希はごろりと寝返りをうって向こう側をむくと、ジャージのズボンのなかに手をつっこんで腹を掻いた。ふたりの枕に挟まれた真ん中においてある目覚まし時計に手を伸ばし、時間を見ると、美希は時計を放り投げ、もういちど眠りに落ちようとした。ええかげんに起きや、遅刻するで。俺は空っぽの美希のベッドに声をかけると、よろよろと起き上がる。美希はいつまでも寝ているので、先に起きてコーヒーを淹れるのはいつも俺の役目だ。

狭い2DKのマンションのキッチンには、小さな窓がついていて、そこから三階下の道路が見えている。一晩中雨に打たれた道路のアスファルトが黒く光っている。ときおり通りがかる車はワイパーを動かしたり止めたりしていて、そろそろ雨も上がってきているようだ。俺は湯を沸かして自分の分だけ、ひとり分のコーヒーを淹れると、寝室にむかって美希、コーヒーやでと声をかけた。美希はコーヒーが大好きで、何度起こしても起きてこないくせに、コーヒーやでというとやっと起きてくる。だからいつも、俺たちはおはようというかわりにコーヒーやでという。

美希は目をしょぼしょぼさせてだらしないジャージ姿のまま寝室から起きてくると、植木に水やらなといった。そしてキッチンの窓から外をのぞく。雨やなあ。うちのベランダは庇が深くて、雨の日でも水をやらないといけない。今日は遅くなるん？　いや、そういや今日の飲み会なくなってん。課長が急に出張が入って。あ、そうなんや。私も残業てきとうに切り上げてはよ帰ろかな。晩御飯どっかいこか。久しぶりにバーミヤンいこか。あそこの麻婆豆腐たまに食いたくなるよな。

キッチンのテーブルに座ってコーヒーを飲み終わって、俺は立ち上がった。朝は忙しい。シャワー浴びて着替えて、コーヒーを飲んで（いちど胃を壊してから朝食をとれなくなった）、窓を閉めてガスの元栓や水道の蛇口をチェックして、そして家を出る。若いころはなんでもなかったこういう細かい手順が、歳をとってくるとだんだんと、途方もなく面倒になってくる。それでも仕事に行かないといけないので、歯を食いしばってなんとかスーツを着て靴をはき、玄関から出てドアを閉めるところまでいく。そして鍵をかけると、いつものように何度も何度もドアノブを回して鍵がかかっていることを確認する。なかなか玄関から離れることができない。以前はこういうのって強迫神経症なのかと思っていたのだが、最近わかってきた。なんども戸締りを確認するのは不安だからじゃなくて、さみしいからだ。この家を離れたくないのだ。俺はひとりになりたくない。この家にいてもひとりなのに。なんとか今朝も俺は玄関から離れ、駅まで歩いた。

　環状線の電車のなかから、いつも見える廃屋がある。野田と福島のあいだの左側の、街路樹に隠れるようにしてひっそりとひとりで立っているその小さな廃屋は、いまの会社に入ってから毎朝なんとなく目に入っていたが、急速に崩壊していくのが気になって、そのうち意識して見るようになった。人が住まなくなった家はおどろくほど早く崩れ去っていく。毎朝まいあさ、少しずつ形を変えていって、いまでは数本の柱が半分ぐらいの屋根をやっと支える程度になっている。家というものは、どうして人が住まなくなるとこんなにすぐに崩れてしまうのだろう。

　俺は環状線の窓から今朝もあの廃屋を見ると、なぜかすこし安心して、そして手元の携帯に目を戻した。いつものように美希のアドレスにメッセージを送る。今日もあの廃屋見たよ。柱がまた一本、崩れてなくなってた。もうすぐぜんぶなくなるんちゃうかな。メッセージは送信済みになるが、返事はもちろん返ってこない。美希の携帯はすぐに解約したが、本体は残してあって自宅のWi-Fiにつないである。そこには毎日送られる俺のメッセージが並んでいる。道を歩いていて見つけた猫や、毎日の昼飯や、飲み会の写真を、必ず送る。十年以上も一緒に暮らしたから、美希からどういう返事が来るかはもうわかっている。

その日、デザイン会社に勤める美希からのメッセージが昼休みの後ぐらいに携帯に入って、なんか頭痛い、めっちゃ頭痛いから早退するわっていうメッセージで、俺はちょうどややこしい会議中だったからちらっとそれを見てまたすぐズボンのポケットにしまって、そのままになっていて、一時間だけ残業したあとにそれを思い出して、別に美希が頭痛いのはいつものことだったので普通にちょっと駅前のスーパーで買い物をして帰ってみたら部屋は真っ暗で、キッチンのテーブルの下に美希の足が見えていた。最初は一瞬、こんなところで寝ちゃったのかと思って、ああもうしょうがないなあこいつは、起こしたらかわいそうやけど風邪ひいたらあかんし、寝室からそっと毛布を持ってきてかけてやろうと思いながら、片手に携帯をつかんで救急車を呼ぶ自分の声がわめき声になっていることに気づいた。キッチンの流しには、朝ふたりで飲んだコーヒーのカップがそのままになっていた。

脳溢血だか脳出血だか何かで、そのまま集中治療室に入って、そのまま美希は帰ってこなかった。なかば上の空でいろんな連絡や手続きや葬式や、めんどうなことをなんとかこなすと、俺は完全にひとりになった。騒がしかった物音や人の声が急に途絶え、頭のなかをいっぱいにしていたあれやこれやの手続きや段取りや心配事がすべて消え去り、そろそろ会社にもいかないとな、というころになって、俺ははじめてひとりになった。銀行の口座にはいつのまにか美希の保険金が入っていた。手続きをした記憶がない。

俺は少しずつ部屋の片付けをはじめた。ふたり兼用のクローゼットのなかに美希の服が大量にあって、コートやダウンやセーターが場所をふさいでいた。ふっと、こういうものもいずれは処分しないといけないのかなと思ったときに、美希が、このキャメル色のポールスミスのオーバーコートはもうサイズが合わへんから捨ててええで、と言った。そうか、これってどれくらい着たっけ？　これ真夕の結婚式のときに、ちょっとフォーマルなドレスの上に着るかちっとした形のコートないなあいうて阪急で買ってん。もうどれくらいかな。八年ぐらいになるかな。もうそんなになるんか。

真夕は俺の大学のずっと下の、同じサークルの後輩で、殴る男とばかり付き合っていた。そのサークルは仲が良くて、かなり歳が離れていてもしょっちゅう集まって飲んでばかりいて、そういう場に自分の夫や妻を連れてくることも多く、温和でいつもにこにこしている美希はすぐに俺の友だち全員と友だちになっていった。真夕がついに殴らない男と付き合ってるらしいで、という噂が流れ、あっという間に結婚が決まり、俺たちサークルの仲間もたくさん二次会に呼ばれ、スピーチを頼まれた俺は、とっても良いパーティーです、ほんとうに楽しいです、だから、この次も呼んでくださいと、渾身の力を込めた冗談を言ったが、会場は静まり返ってしまった。やらかした、と思ったけど、そのあとの三次会や四次会でさんざんネタにされ笑いものにされたので、俺はほっとした。三次会の途中で美希はキャメル色のコートを着て先にタクシーで帰っていった。俺は残って朝まで飲んだ。

そういえばそのコートを買うときに、店の試着室まで付いていって、ここはレディースの店ですからと、店員に叱られたんだった。それはちょっとミリタリー風の、分厚いウールのコートで、すらりとした美希によく似合っていた。そのあとその店で何度か買い物をして、婦人服フロアだったけど美希と一緒に買い物をしているうちに俺もその店員と親しくなって、そのうち立ち話をするようになった。正社員じゃなくて契約なんです。和歌山の専門を出て大国町に住んでると話していた。一階が焼肉屋で、もうめっちゃ煙くっさいんですー。はやく引っ越ししたいです。あの店員もいま何しているだろう。あれから八年か。もう三十歳は過ぎているはずだが。あいかわらず派遣とか契約とかでアパレル業界の片隅にぶら下がっているだろうか。

その八年という年月は俺と美希の間にも平等に流れ、やがて美希もこのコートの前ボタンをしめることが若干窮屈になってきて、袖を通すこともなくなった。美希は別に捨ててもええよと言ったけど、俺はたぶん美希のものは何も捨てないだろうなと思った。美希はそういうとき、気を使って、俺に合

おおさか
Osaka
のだ
Noda
女性専用車
Women Only
女性専用車
Women Only

わせようとする。いやいや、うそやで、捨てへんよ。ちょっと、いつかそういうときもくるかなと思っただけ。いつかまた痩せたら着られるから。痩せへんわ。美希はちょっと笑った。歳とったら痩せるかなあ。美希の家系はわりと小柄で、母親も若いときはころころしてたけど歳をとったら痩せたので、美希もそうなるだろうと思った。

環状線の電車は廃屋の場所を通り過ぎて、大阪駅に入った。俺は人ごみに押されて電車からおり、そのまま流れに流されながら桜橋口の改札を出ると会社がある西梅田にむかって歩いた。

日が暮れ、二時間ぐらいだけ残業して家に帰ると、もう美希が先に帰っていた。帰りに王将の焼いてない餃子を買ってきてくれていた。俺は阪急百貨店の地下でベトナムの生春巻きを買ってきていた。前の週に近所の酒の量販店でまとめ買いをしておいたビールを二本、冷蔵庫から出し、俺は餃子を焼きながら自分だけ先にビールを飲んだ。餃子焼いとくから先に風呂入れば？いややや、焼きたて食べたいやん。そやな。春巻きでビールもらっとくわ。そうし。もうすぐ焼けるから。楽しみやー。

焼きあがってきれいに焦げ目がついた大量の餃子を生春巻きと一緒に大皿に並べ、美希の向かいに座り、くだらない、たわいないことをしゃべりながら、ふたりで熱い餃子を次々に貪り喰いながら、ビールを飲んだ。

目の前にはビールが注がれた自分のグラスがあった。テーブルの向こう側のグラスは空だった。


誰にでも脳のなかに小さな部屋があって、なにかつらいことがあるとそこに閉じこもる。洞窟のようなその場所は、暗い穴をずっと下りていくと、行き止まりは急に開けて広場のようになっていて、天井に開いた亀裂から月の光がひとすじ差し込んでいる。俺は隣の部署の年上の先輩と喋りながら、何度もその穴のなかに入りそうになる。いま入ったら出てこれなくなるだろう。俺は必死で先輩の顔に焦点を合わせて話に集中しようとする。

百人ぐらいの規模の、スマホの通販とオークションの仲介で伸びている会社が堺筋本町にある。俺の部署は直接関係ないけど、隣の営業部がその会社になんとか食い込んで、営業と開発と総務の業務にまたがる統合的なシステムを開発して納品することになった。俺の会社はその仕事に期待をかけていたが、契約寸前のところで東京の大資本系の同じようなシステム屋に横取りされてしまった。シェアを伸ばすために不当にダンピングしたことは明らかだったが、俺たちにはどうしようもなかった。

そのあと何件か同じようなことが続き、俺の会社はかなり危ないことになっていた。当然、最大の固定費である人件費に手がつけられることになった。

正社員のクビを切ることはさすがに難しいだろうけど、これから待遇が急速に悪化していくだろうということは、肌で実感できる。俺は屋上の喫煙所で喋っていた先輩の顔から目をそらし、室外機とフェンスのむこうの西梅田の街を眺めた。もう先輩の声は耳に入ってこない。頭のなかの暗くて温かい穴のなかに潜り込み、どんよりと曇った大阪の街をいつまでもじっと見ていた。学生の頃はもっと賑やかで、建物も新しく、派手な看板が光り輝いていた気がする。いまでは大阪は煤けた、寂れた、貧しい街になってしまった。こんなふうになるまで、誰も大阪を助けてくれなかった。喫煙所の灰皿の足下には、日に焼けた、干からびたカップラーメンの容器が、捨てられたままになっていた。

そのあとすぐ会社の総務から呼び出され、雇用形態が変わって契約社員となり給料は下がるがいままでと同じ職場で同じ仕事をするか、それとも早期退職して割り増しされた退職金をもらい、大手コンサル会社による転職支援を無料で受けるかどちらかを選べと言われた。俺は嫁さんと相談します、とだけ答えた。

少しだけ残業をしてからまた同じ電車に乗る。俺の職場は西梅田から少し歩いた中ぐらいのビルのなかにあり、美希が働くデザイン事務所はアメリカ村にある。俺たちは仲間内だけの小さな結婚パーティーを開いたあと、大正駅から少し歩いたところに小さなマンションを借りて、そこに住んでいた。もうあれから十年以上も経つ。大阪から大正に向かう環状線の電車のなかから、俺はまたあの廃屋を眺めた。

あんなにテレビが嫌いだったのに、部屋に帰るとすぐにテレビをつける癖がついた。食事をする気にもならず、季節外れに暑かったせいか自分が汗くさかったので、すぐにシャワーを浴びた。シャワーから出るともう何もやる気が出ずに、冷蔵庫のなかの発泡酒を開けた。ダイニングテーブルに座っていた美希が、いいなー私も飲もうかなと言う。仕事持って帰ってるねんけどな。もうええかな。

どんな小さな、安い、しょうもない仕事でも文句を言わず、絶対に手を抜かない美希は、そのために作業が遅くなることが多く、よく家まで仕事を持って帰っていた。そういうときは、ダイニングテーブルを仕事のデスクにして、そこで食事をしながらふたりで仕事をした。その日は美希も仕事の手をとめて、パソコンを横に押しやると、俺と一緒に発泡酒の缶を開けて、一口だけ飲んだ。俺はビールはいつも冷たいうちに一気に飲むけど、美希はぬるいビールをちびちび飲むのが好きで、そのときもうまそうに少しずつ飲んでいた。

あのな、ひょっとしたら会社でリストラがあるかもしれん。

うそ。まじで。

うん。ちょっと業績がなあ。さっき山路さんからそんなこと言われた。

ああ。

デザインの業界の厳しさも美希からいつも聞いていて、だから最近特に持ち帰りの仕事が多くなっていたことにも気づいていた。会社には通っているが、社員ではなく社内の請負のような立場で働いていて、ここ三年ぐらいで美希の手取りもずいぶん下がってきていた。だから、俺の手取りがこれ以上下がると、それはとても深刻なことになるかもしれない。

そっかー。しんどいな。ちょっといろいろ、計算しよか。

うん、ごめんな。ほんまごめん。

何言うてんの。

妙な話だが、幸せなとき、楽しいとき、遊びにいっているときよりも、急な葬式が入ったとき、人間関係でめんどくさいことがあったとき、仕事上のトラブルに巻き込まれたとき、ああ俺たちはふたりなんだなと思う。

そして、こういうときに暗くなったり、俺を責めたりしない美希はえらいなあ、と思う。ビールをちびちび飲みながら、深刻な顔で、でもどこか楽しそうに、あれを削ろうか、これを節約しようかと思案している。いつも穏やかで楽天的な美希にとっては、俺がリストラされるかもしれないということも、なにかのゲームみたいにみえたのかもしれない。俺は屋上から見た灰色の大阪の風景と、屋上で干からびていたカップ麺の殻を思い出した。空を覆っていた黒く分厚い雲がこの部屋にもどんよりとかぶさってきて、俺はグラスを洗うと電気を消してひとりでベッドに入った。しかし今夜もまた、いつものように、簡単には眠れそうにない。

窓から月の明かりが部屋のなかに差している。美希の裸の背中が光に照らされている。俺はぼんやりと数年前の光景を思い出していた。特に何もない、ただの日常の風景だが、妙に記憶に残っていた。いつも通りの簡潔で単純だが優しいセックスのあとで、ベッドに横たわったままタオルケットをたぐりよせて背中をまるめて、美希はぼんやりしていた。その背中に月の光が当たっている。ぽつりぽつりと背骨の突起に影ができる。金色の光のなかに浮かび上がる、真っ白な背中。何を話したかも覚えていないが、なぜかあの背中の白さだけがときどき目に浮かぶ。ふと見上げると、開けっ放しの窓の向こうに月が昇っていて、金色の光が隣のベッドの上に差している。手をその部分に置くと、痩せて骨ばった俺の手が白く輝いた。黒い海に浮かぶ白い魚。静かに潮の流れる海面に群れになって浮かぶ、白い巨大な魚。あれを見たのはいつだっただろう。

たまには旅行をしようかと、ふと思い立って、俺たちは特急で二時間もかからない、近場の小さな港町の古いホテルを予約した。海外旅行はできないけど、たまには近場で一泊するぐらいのことはできる。特に何も観光せず、歴史のある小さな海沿いの街をただ散歩するつもりだった。

小さな駅を降りると、小さなロータリーがあり、バスとタクシー乗り場があって、ロータリーのまわりに西武か何かの小さな百貨店と、ちょっとしたファッションビルがあって、その上には和民や白木屋やジャンカラが入っている。誰か知らない昔のひとの銅像があり、交番があり、マクドの前にはスズメと鳩が群がって何かをついばんでいる。タクシーは暇そうで、運転手たちが車を放り出して外に出て、集まってタバコを吸いながら楽しそうに談笑している。

俺たちはとりあえず大通りに出て、城址の公園の方に歩いていく。大通り

から西側に一本入ると小さな飲み屋街になっていて、それなりにスナックやキャバクラが入ったビルが並んでいた。路面では古くて小さな酒屋や花屋や美容院があり、歴史の古い盛り場のようだった。

予約したホテルは小さな昭和のホテルで、とても古びて、汚く、そして情緒があった。廊下の床は緋色のカーペットが敷き詰められていて、ところどころにタバコの焼け焦げがある。部屋は静かで広くて、薄暗かった。

晩飯は適当に、飲み屋街を通り抜けて駅のほうまで戻ると、路地裏にいい感じの小さなバーが集まっているところがあって、外から見て入りやすそうで、インテリアもいい感じで、適度に客が入っているワインの店を選んで飛び込んだ。古い長屋をリノベして、たぶん自分たちで塗ったんだろう、壁板の白いペンキに、天井から吊られたたくさんの裸電球の暖かい光が揺れている。

白ワインとムール貝と魚と、あとは適当にパスタか何かで、ふたりで外で飲むのも久しぶりやなあと言いながら、俺たちはけっこう飲んだ。とくに改まった会話もなく、飯を食い、ときどきうまいね、おいしいねと言い、相手のグラスにワインを注ぐ。その店のメニューはどれも美味しかった。ここ入ってよかったな、当たりやったな。この店覚えとこうね。なんていう名前だっけ。金払うときに店の名刺もらっとこ。どうせFacebookとかあるんちゃう、いまふうの店やし。そやな。その店の場所も、名前ももう思い出せない。

俺は美希の顔を見る。どしたん。いや、別に。

あのな、そういえばな。美希は思い出し笑いにパスタを噴きそうになりながら、話しだした。こないだな、アフタヌーンティーのカフェでごはん食べとってん、土曜日。あんた休日出勤してたやろ。あんとき。ああ、あのときな。

隣のテーブルで、看護師さんたちが何人かで喋っとってんやんか。で、そのなかの一人がずっと話してて。

こないだ、交通事故の現場に遭うてん。事故の現場。仕事の帰りに。直後でな、まだ人が車の下敷きになっとってん。で、救急隊員がな、無理やり引っ張ろうとしても、体挟まってるから、痛い痛い言うてはんねん。私、看護師ですー言うて入っていって、注意したってん。このひとたぶん、足挟まってますよ。

でな、その次の日もな、けっこうな交通事故見てんやんかー。

で、そのあと買い物しようと思って店行ったら、定休日やってん。

もうな、なんか取り憑かれとるんちゃうかって思うわ。連続で、交通事故やろ、また交通事故やろ、ほんで定休日やで。連続やで。交通事故、交通事故、定休日。

美希と俺はげらげら笑いながら、そのあともたくさんワインを飲んだ。

俺たちはすこし飲みすぎて、店を出て酔い覚ましにしばらく歩こうと、駅の反対側にある港のほうに向かった。小さな寂れた港町は、九時をすぎるともう真っ暗になっていた。駅ビルと周辺の百貨店やファッションビルを連結する、遊歩道のような大きな歩道橋に上ると、海側の街は真っ暗に沈んでいた。階段をおりて坂道をくだり、国道の信号を渡ると、広い駐車場に囲まれた小さなコンビニがあり、その向こうはもう港になっていた。

夜の海は暗い。月も雲に隠れて、あたりは闇につつまれている。フェリーの船着場の端まで歩くと、そこに真っ黒な海が音もなく広がっていた。岸壁の際に立って海面を見下ろした美希が、小さな叫び声をあげた。近づいて俺も水面を見下ろすと、そこにびっしりと、白い巨大な魚が群れをなしているのが見えた。魚たちは水面をびっしりと覆い尽くして、ゆっくりと体をくねらせていた。

隣のベッドの、美希がかつて寝ていたところに置いた手の甲に、月の光が当たっている。また行きたいね、あの店なんだっけと言いながら俺たちは結局、あの街にも、あの店にも、あの海にも、二度と行くことはなかった。俺はベッドから起き上がり、窓をしめてから、また横になった。大阪にまた、夏がやってきた。毎年のことだが、大阪の夏は今年もまた、耐え難いほど蒸し暑い。交通事故、交通事故、定休日。キャメルのコート、廃屋、環状線。夜の海の、白い魚。

眠れそうにないのでもう一度起き上がって、キッチンの小さな蛍光灯をつけて、グラスを出して冷蔵庫を開ける。ビールが一缶だけ残っていた。

キッチンの流しが乾いていて、うっすらと白く埃が積もっている。美希がいなくなってから一切料理をしなくなった。二人のときは、ときどき俺も簡単な炒め物と味噌汁ぐらいは作っていたけど、一人になってからまったく何も作らなくなった。米だけ炊いて、卵をかけたり、インスタントのカレーですませたりしている。あとはすき家や吉野家やなか卯や王将ばかりだ。ちゃんとした料理をしないから、ちゃんと後片付けもしない。派手に汚れることもないけど、きれいになることもない。キッチンはゆっくりと、ざらざらに乾涸びて、朽ち果てつつある。

薄暗いキッチンのテーブルに座り、ぼんやりとビールを飲みながら、キッチンの他にもひとりになって変わったことを探した。たとえば風呂場の排水口。二人のときはすぐに髪の毛が溜まって流れなくなり、あふれそうになって、いつも俺が掃除をしていた。美希は汚い汚いと嫌がってなかなかやってくれなかった。あれは一週間か二週間に一回はしてたよな。最近、ほとんど排水口の掃除をしなくなった。網に引っかかる髪の毛やゴミが激減したのだろう。バスタブに湯を張ってゆっくりつかることもなくなった。朝のシャワーで簡単に体の汚れを落とすだけになった。

冷蔵庫の中も少しずつ荒れていく。野菜や精肉ではなく、すぐに食べられる卵とか納豆とか、そういうものが増えた。あとは酒。

マンションの部屋のそこらじゅうが乾いて、埃っぽくなっている。生き物が減ると、その生き物から出る水も減るのだろう。いまはまだ、なんとか掃除はできている。しかしその掃除も、部屋をきれいにするというよりは、ただ埃やゴミを排出するだけの、事務的な仕事になっている。だから、掃除が終わったあとも気持ちが良くなるわけではない。それはただ、生きていくためだけの作業だ。

そういえば音楽を聴かなくなった。もう長いこと、小さなＣＤステレオのスピーカーから、音楽が流れていない。あれほど聴いていた音楽がなくなったかわりに、テレビをつけることが多くなった。しかし別にそれを熱心に見てるわけではなく、ただ人の喋る声を流していたいだけだ。人が笑っている顔を画面に写しておきたいだけ。

今朝も環状線の窓からあの廃屋を見た。一日か二日ではそれほどその姿は変わらない。俺はふと、あの廃屋に住んでいた男からも、この環状線が見えていたんだなと思った。朝、店のシャッターを開けて、開店準備をする。道路に打ち水でもしただろうか。目をあげると、低い音をたてて国鉄の電車が過ぎていく。窓のなかにはたくさんの会社員やOLが乗っている。男はその電車を眺めて、そのなかのひとりに俺がいたことを想像しただろうか。地方から進学で関西にやってきて、そのまま大阪に住み着いて結婚し、やがて妻をなくす男のことを。

俺はあの家に人が住んでいた頃を想像する。建てられてもう五十年は経っているだろうか。四国か九州から集団就職で出てきた男が、同郷の女とこの大阪で知り合って、一緒になって所帯を持ち、やがて丁稚奉公をしていたうどん屋からのれんを分けてもらって、自分の店をかまえる。大正か西九条か、あるいは西淀川か尼崎か、工場の街でうどんと定食の店を開き、工場労働者相手に商売をする。厨房にはいつも自分が入り、嫁はテーブルにうどんを運んでいただろうか。彼は自分が借りて住んでいた長屋を買い取り、新しい木造住宅に建て替える。居間のテレビの前は自分の特等席だ。彼はそこに大きな座椅子を置く。座椅子ちゃうで、リクライニングチェアやで。彼はうれしそうに何度も腰のレバーを引き、背もたれの角度を調整して子どもに見せる。まだ小学生の子どもはうんざりしながらも、そんな父親が可愛くて一緒に笑ってやる。

やがて子どもは地元の高校から関西の中堅私立大学あたりに進学する。田舎で生まれ育ち、中卒で集団就職で大阪にやってきた自分の息子が大学に進学するなんて、彼は夢にも思っていなかっただろう。実際にはその頃には、ほとんど誰でもどの大学にでも行ける時代になっているのだが。

彼と嫁は息子の入学式に晴れ姿で出席する。そして大学の入口の門に、大きく刻まれた大学名の文字の前で三人で、写真を撮る。新入生とその両親でごった返す大学の正門を通りがかった親のひとりに声をかけ、すみませんがシャッターを押してくださいと笑顔で頼む。頼まれたほうも笑顔だ。満面の笑顔で並ぶ三人の写真を撮ってやり、おたくの息子さんは経済学部ですか、うちは文学部で、いまどき男が文学部なんか入ってもどうしようもありませんわ、いやいやそんなことないですよ、偏差値は文学部のほうが上ちゃいまっか。そろそろ入学式の時間ですな。あ、失礼しました、ほなどうもどうも

阪神高速出口
進入禁止

と言いながら、カメラを返すのを忘れていて、あわてて追いかける。

息子はサークルに入り、酒を無理やり飲まされ嘔吐し、単位を取り、単位を落とし、やがて上級生になると新入生に無理やり酒を飲ませて嘔吐させ、女の子にフラれ、別の子と付き合い、たまにひとりで旅行をしながら寂しくなってひとりで来たことを後悔し、バイトに明け暮れ、単位を取り、単位を落とし、そして卒業していく。

息子はやがて家に寄り付かなくなる。夫婦はそのことで何度も何度も、何年も喧嘩をする。

あるいは最初から子どもができなかったのかもしれない。子どもが欲しい、欲しいと思いながら、でもできなくて、病院にも行ったし最後は神頼みもしたが、やがて徐々に諦めて、心の穴にも少しずつ薄い膜が張り、もう俺とお前しかいないんやということになって、そして徐々に工場は大阪から撤退し中国や東南アジアに移転し、労働者は年老いてホームレスになり、工場街のうどん屋の客もだんだんと減っていって、そして彼も嫁も歳をとり、気がつけば年金をもらう年齢になり、体も徐々に衰えていって、彼を看取ったあとひとりで暮らしていた嫁も、最後はいなくなる。持ち主のいなくなった家屋、かつては人が住み、笑い声が響いたこともあった家は急速に朽ち果てていく。

いつもより少し早めに会社に着いたら、誰もいなかった。初めてのことだった。自分のＩＤをカードリーダーに差して鍵をあけると、薄暗いフロアの電気をすべて点け、エアコンを入れた。西梅田の中ぐらいのビルの、ひとつのフロアがぜんぶこの会社になっているのだが、俺がいる部署はその片隅の、簡単なブースで仕切られたところにある。ここに営業部員と事務員の女の子があわせて十人ぐらい、隣の第二営業部も同じぐらいの規模で、その向かいにある大きな部屋には、開発部と総務部が一緒になって、そこに社長のデスクもある。

俺は天井一面の蛍光灯に明るく照らされた無人のフロアを通って、自分のデスクのところに行った。あたりを何度も見回す。誰も来る様子がない。とりあえずいつもの自分の椅子に座る。デスクの上にいつもの書類が大量に積み上がっている。見積書、請求書、仕様書、企画書。いろんな名簿、メモ書き、パワポのプリントアウト、飲み食いした領収書。タクシーのレシート。プリントアウトした地図、備品購入のための事務機器屋のパンフレット、会社の近所のインド料理屋のランチ割引券。タクシーのレシートは印字も薄れて、皺くちゃになっている。わりと大事な書類なのに、なんでこんなに脆い紙でできているんだろう。レシートの一枚を手にとって眺める。先月のものだ。これどこで乗ったんだろう。西梅田から大正区の自分のマンションまで深夜料金で乗ったぐらいの金額が書かれている。たしか先月、残業が終わらずに終電を逃し、タクシーに乗ったんだった。まだ経理に申請してなかった。先月のレシートだけど通るかな。そういえばあのとき、一時すぎて帰ってきたら、美希がまだ起きて待っていた。どうしたん、まだ寝てへんのか、と聞いたら、ちょっと寝れへんかってん、と言った。あのあとどうしたっけ。一杯飲んだんだっけな。

月の光が美希の白い背中にあたる。

デスクの時計を見たら、出勤時間より一時間以上も早かった。夏は日が高いから間違えたのだろうか。すこし早めに出たつもりだったのだが、かなり早かったようだ。誰もいないはずだ。

俺は自分用のパソコンのワードでファイルを作成し、辞職願を書いた。一身上の都合とも何とも書かず、ただ辞職しますとだけ大きく書いて、名前と住所を入れると、すぐにプリントアウトして、デスクのそのへんにあった自分の印鑑を適当なところに押した。

別にこういう書類もわざわざ、作る意味もないんやけどな。ただ単に、ある日いきなり出勤しなくなればいいだけの話なんだけど。そういうやつはいっぱいいる。前の日まで普通に働いて、何事もなく同僚や取引先とも付き合い、喫煙所でタバコを吸いながらくだらない噂話をして、ランチ代をケチってコンビニのパンで済まし、そのわりには飲み屋で散財してタクシーで帰り、そしてある日とつぜん、いなくなる。そういうやつはたくさんいる。

そのへんの適当な封筒に入れた辞職願を社長の机の上に置くと、誰も来ないうちに会社を出た。まだ八時にもなっていない。どうしてこんなに早く起きて、会社に来たんだろう。会社を出ると初夏のよい天気で、空は晴れ渡っていた。

家に帰る電車の窓から、あの廃墟が更地になっているのを見た。

平日の午前中に、いつもとは逆の方向に、駅から家に向かって歩くのは楽しかった。自分のマンションのまわりがこんなに賑やかだとは知らなかった。いつも土日か、平日の朝早くか夜しか歩かないからわからなかった。店がたくさん開いてるだけじゃなくて、歩きながらあちこちを眺めると、意外にオフィスも多く、制服のOLやサラリーマンがたくさん歩いていた。大阪の、こんな街中に住んでたんだな。いままでほんとうに気づかなかった。

家に帰ると、ただいまと声をかけ、すぐにスーツを脱いで楽なトレーナーとジャージとパーカーに着替えた。鏡のむこうのクローゼットに、美希のキャメル色のコートが下がっていた。もういいかげん夏なのに、まだこんなとこに下げてたんだ。俺はコートをそっと撫でた。上等のウールの、柔らかい手触り。交通事故と定休日。

ケータイをテーブルに置き、家の鍵と財布だけをジャージのポケットに入れてスニーカーを履いて、玄関を出て、ドアをしめて鍵をかけた。

築四十年の古いマンションのドアは薄い鉄板で、下の方に直接郵便物を入れる口が開いている。簡単なフラップの蓋はついているが、下手をしたら部屋の中を覗かれるといって、美希はものすごく嫌がっていた。俺は結婚して引越をしたその日にガムテープで、ほんのすこしの隙間しか開かないようにした。美希は喜んでいた。

俺は鍵をそのドアのポケットに放り込んだ。鍵はじゃらじゃらと大きな音を立てて、施錠されたドアの向こう側、部屋の中に消えていった。これでこのドアはもう開けることができなくなった。やっと俺たちは二人きりになった。

もちろん、家賃の振り込みが停止して数ヶ月後には、管理会社が警官に立ち会わせて、合鍵でこの部屋に入ってくるだろう。この部屋にもいずれ、誰かが入ってくる。しかし、それまでは。

俺はしばらく、開けることのできなくなったドアの前で突っ立ったまま、部屋のなかのことを思っていた。キャメルのコート、目覚まし時計、スリッパ、歯ブラシ。ベッドカバー、姿見、ダイニングのテーブルと椅子。お客さんが来たときのためにと四脚も買ったチェアは、俺たちの二脚以外は結局使われることもなく、もらいもののスノードームの置き場所になっていた。あのスノードームどうしたんだっけ。美希の友だちが結婚祝いでくれたのかな。スノードームもタクシーのレシートも、それが目の前に現れたときには、その意味もはっきりしているけど、そのうちそれはただの物になっていく。

俺はその場に立ったまま、じっとドアを見つめていたが、振り返り、そして廊下を歩いて階段を降りて、エントランスでレターボックスの中を見た。広告のチラシしか入っていなかった。俺はマンションを出た。

マンションの前の道はバス通りで、ちょうど市バスが通りがかってバス停に止まり、聞き慣れたチャイムを鳴らしてドアを閉めると、再び走り出してどこかへ消えていった。バス停の道の反対側には赤いシートの庇の小さなお好み焼屋があって、店先でたこ焼きも焼いている。平日のこんな時間でも何人か年寄りが店のカウンターで、とん平焼をつつきながらビールをちびちびと飲んでいる。隣は古い喫茶店で、タバコの煙で白く曇ったガラスの向こうに、ママが暇そうに座っている。宅配の車が路肩に駐車し、配達員が小走りで荷物を運んでいる。ドラッグストアの黄色いのぼりが風にはためいている。

バス通りはそのまままっすぐ北に伸びていて、大阪ドームの横を通り過ぎると、一七二号線とクロスする。左に折れて一七二号線を西に進んで、港区役所をさらに過ぎ、大阪港に近づくにつれて、工場や倉庫が増えていって、殺伐とした風景になっていく。安治川をまたぐ巨大な橋を越えると、海遊館の観覧車の灯りが色を変えながらきらきらと光っている。海岸通りをまっすぐ行くと行き止まりは大阪港の中央突堤で、そしてその向こうは海だ。

初出／ビニール傘――「新潮」二〇一六年九月号
背中の月――――「新潮」二〇一七年二月号

岸 政彦　きし・まさひこ
1967年生まれ。社会学者。著書に『同化と他者化――戦後沖縄の本土就職者たち』『街の人生』『断片的なものの社会学』（紀伊國屋じんぶん大賞2016受賞）『愛と欲望の雑談』（雨宮まみとの共著）『質的社会調査の方法――他者の合理性の理解社会学』（石岡丈昇、丸山里美との共著）など。

ビニール傘《がさ》

発行　2017年1月30日
3刷　2017年2月25日

著者　岸《きし》 政《まさ》彦《ひこ》
発行者　佐藤隆信
発行所　株式会社新潮社
〒162-8711 東京都新宿区矢来町71
電話 編集部 03-3266-5411
読者係 03-3266-5111
http://www.shinchosha.co.jp

印刷所　大日本印刷株式会社
製本所　大口製本印刷株式会社

乱丁・落丁本は、ご面倒ですが小社読者係宛お送り下さい。
送料小社負担にてお取替えいたします。
価格はカバーに表示してあります。

ISBN978-4-10-350721-5　C0093